DIESES BUCH IST FÜR

....

DEN LANGWEILIGSTEN / ERSTAUNLICHSTEN / EROTISCHSTEN / IDIOTISCHSTEN / CHARISMATISCHSTEN / GRÄSSLICHSTEN / CHARMANTESTEN STIER ALS GELIEBTE(N), DEN (DIE) ICH KENNE.

VON ....

P.S. BITTE BEACHTE DIE SEITE(N)

....

Deutsche Erstausgabe 1988
© 1988 by Droemersche Verlagsanstalt Th. Knaur Nachf. München
Das Werk einschließlich aller seiner Teile ist urheberrechtlich geschützt.
Jede Verwertung außerhalb der engen Grenzen des Urheberrechtsgesetzes ist ohne
Zustimmung des Verlages unzulässig und strafbar.
Das gilt insbesondere für Vervielfältigungen, Übersetzungen, Mikroverfilmungen und die
Einspeicherung und Verarbeitung in elektronischen Systemen.
Titel der Originalausgabe »Love Signs Taurus«
© 1986 by Ian Heath
Aus dem Englischen von Ingeborg Ebel
Umschlaggestaltung Adolf Bachmann, Reischach
Gesamtherstellung Clausen & Bosse, Leck
Printed in Germany   5 4 3 2 1
ISBN 3-426-01912-4

IAN HEATH

Der Stier & die Liebe

Knaur

STIER

21. APRIL – 21. MAI

ER IST DAS ZWEITE ZEICHEN IM TIERKREIS
SYMBOL: STIER
BEHERRSCHENDER PLANET: VENUS
ZAHL: SECHS
FARBEN: DUNKELROSA U. DUNKELBLAU
BLUME: VERGISSMEINNICHT
TAG: FREITAG
EDELSTEINE: TÜRKIS U. SAPHIR
METALL: KUPFER

.......GEISTESABWESEND........

EIFERSÜCHTIG

ROMANTISCH

..... SEHR EIGENSINNIG ....

.... IMMER IM RECHT ....

..... IN EINEM RENNBOOT .....

...BEIM DINNER UNTERM TISCH...

. AUF DEM RÜCKSITZ EINES AUTOS.

......AUF EINEM TISCH........

..... VOR DEM KAMINFEUER ....

.... UND IM MEER.

..... HAT EIN RIESIGES BETT .....

..... RÄUCHERSTÄBCHEN .....

Um den STIER-Mann zu erregen ......

. TRAGEN SIE SEIDENE REIZWÄSCHE .

. . . . . UND BADEN SIE IHN.

.. BENUTZEN SIE RASIERWASSER..

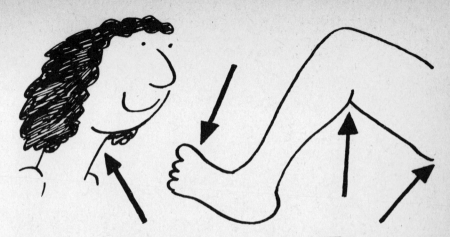

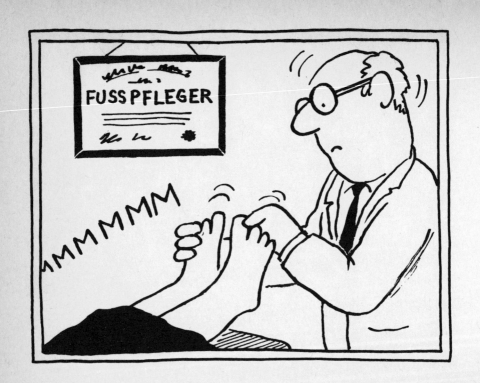

. . . . DIE KNIEKEHLEN . . . .

...... UND DIE HÜFTEN.

APHRODISIAKA
FÜR DEN STIER-GELIEBTEN

SCHOKOLADENCREME
EISCREME MIT COGNAC
SAUERKIRSCHEN AUF TOAST
ARTISCHOCKENHERZEN
HONIG

Der (die) **STIER-** Geliebte bekommt gern Geschenke wie....

......TEURES PARFÜM ....

.... EINEN WERKZEUGKASTEN ....

...... UND KOCHBÜCHER.

Der STIER und andere Liebeszeichen

HERZENSTREFFER

♡♡♡♡♡ HINREISSEND!
♡♡♡♡ ZAUBERHAFT!
♡♡♡ SPASS! SPASS! SPASS!
♡♡ ZIEMLICH GRÄSSLICH!
♡ SCHLIMM – NICHTS WIE WEG!

STIER und...

...WIDDER

IST AUFREGEND, ABER NICHT VON DAUER.
MACHEN SIE DAS BESTE DARAUS.

♡ ♡ ♡

...STIER

NICHT IMMER VERTRÄGLICH, OBWOHL ES
JEDE MENGE SPASS GIBT.
VERMUTLICH EINE KURZFRISTIGE AFFÄRE.

♡ ♡ ♡

o o o o o o o o o o o o o o o o o o o o o o o

STIER und...

...ZWILLINGE

BEGINNT MIT BRENNENDER LEIDENSCHAFT, ABER DIE FLAMMEN ERLÖSCHEN SCHLIESSLICH. EINE VERBINDUNG VOLLER HERZLICHKEIT, SOLANGE SIE DAUERT. ♡ ♡ ♡ ♡

...KREBS

EINE ROMANTISCHE UND BEFRIEDIGENDE BEZIEHUNG, ABER NUR KURZFRISTIG.
♡ ♡ ♡

STIER und...

...LÖWE

EINE VERGNÜGTE UND LEBHAFTE AFFÄRE, DIE NICHT VON DAUER IST.

♡♡♡

...JUNGFRAU

EINE GROSSARTIGE AFFÄRE UND NOCH VIEL MEHR!!! ♡♡♡♡♡

...WAAGE

VORÜBER, EHE ES ANGEFANGEN HAT.

♡

STIER und...

...SKORPION

EINE EXPLOSIVE MISCHUNG, HAT KEINE CHANCE.

♡♡

...SCHÜTZE

EXTREM SCHRECKLICH. UNDENKBAR!

♡

...STEINBOCK

EINE SINNLICHE AFFÄRE UND EINE GROSS-ARTIGE LANGFRISTIGE PARTNERSCHAFT.

STIER und...

...WASSERMANN
EINE FASZINIERENDE, ZWANGLOSE AFFÄRE MIT SPASS IM ÜBERFLUSS

...FISCHE
EXZELLENTE AUSSICHTEN FÜR EINE LEIDENSCHAFTLICHE BEZIEHUNG. GENIESSEN SIE SIE!

o o o o o o o o o o o o o o o o o o o

SEINEN/IHREN PARTNER ZU IGNORIEREN.

BERÜHMTE STIER-LIEBENDE

FRED ASTAIRE
HONORÉ DE BALZAC
JOHANNES BRAHMS
GARY COOPER · LEONARDO
DA VINCI · SALVADOR
DALI · ELIZABETH II.

ELLA FITZGERALD
SIGMUND FREUD · BERNHARD
GRZIMEK · AUDREY HEPBURN
H.J. KULENKAMPFF
LENIN · KARL MARX · YEHUDI
MENUHIN · MARIA THERESIA
SHIRLEY MC LAINE
CHRISTIAN MORGENSTERN
VLADIMIR NABOKOV · ANTHONY
QUINN · WILLIAM SHAKESPEARE
PETER TSCHAIKOWSKI
ORSON WELLES
♥

..... ZEIGEN SIE AUSDAUER .....

. . SEIEN SIE ÜBERSCHWENGLICH . .

Um Ihre(n) STIER-

Geliebten loszuwerden....

.... FLIRTEN SIE ....